SOLEIL
MANGA

Écrivez-nous à :
Soleil Manga
25, rue Titon
75011 Paris - France
manga@soleil-lesite.com

Titre original : Urukyu vol. 7

First published in 2002 by Kodansha Ltd, Tokyo, Japan
French translation rights arranged through Kodansha Ltd, Tokyo

247, avenue de la République
83000 Toulon - France
Traduction : Sylvain Chollet
Dépôt légal : Juillet 2004
ISBN : 2-84565-796-X
Aubin Imprimeur - France
Distribution Hachette

SAMURAI CHAMPLOO

La série hip-hop qui tranche avec le passé !

Mugern et Jin.
Deux ronins que tout oppose.
Le premier est un expert en arme blanche,
aussi arrogant qu'original, dans son attitude
comme dans ses techniques de combat.
Le second, traditionnel en diable,
ne se réfère qu'aux stricts codes du Bushido.
Murgen et Jin.
Deux samouraïs sans maître
qui vont devoir cesser de s'entretuer
pour aider Fû, une jeune serveuse éperdue d'amour
pour un samouraï mystérieux
dont elle ne conserve que le parfum...
celui des tournesols.
Murgen et Jin. Et Fû.
Un trio aussi improbable qu'hilarant,
lancé sur les routes d'un Japon
médiéval et anachronique
à la recherche du samouraï « tournesol ».

En direct du Japon,
découvrez la fidèle adaptation en manga
de la série animée de l'année !
Supervisée par l'équipe d'animation,
on y retrouve le même cocktail détonnant
d'humour et d'aventure,
le tout déboulant sur un rythme effréné
et un tempo irrésistible !

Scénario : **Manglobe**
Dessins : **Masaru Gotsubo**
Une série en 2 volumes.

サムライ
チャンプルー
MANGLOBE
Masaru GOTSUBO
SAMURAI CHAMPLOO
SOLEIL MANGA

L'ESCADRILLE DES NUAGES

Une grande série,
entre « Mission Impossible»
et « Les Mystères de l'Ouest »,
qui dose à la perfection action,
humour et rebondissements
et ravira tous les amateurs
des productions Ghibli !

À une époque lointaine
où les zeppelins sont encore considérés
comme un moyen de transport privilégié,
de nombreuses et audacieuses
attaques aériennes,
orchestrées par le groupe «Sarastro »,
déstabilisent tous les gouvernements...
Mais ce n'est ni l'argent ni la gloire
qui intéressent la jeune Koto
et ses amis pirates de l'air...
Ils semblent plutôt chercher à déjouer
les manigances d'armées peu scrupuleuses...

Mais quelle est leur véritable mission ?
Et pour qui travaillent-ils vraiment ?

Scénario : **Hirokatsu Kihara**
Dessins : **Aki Shimizu**
Une série complète en 4 volumes.

SOLEIL MANGA

AKI SHIMIZU - HIROKATSU KIHARA 1
L'ESCADRILLE DES NUAGES

SOLEIL MANGA
TOKYOPOP
Princess Ai
Destruction
1
Créé par Misaho Kujiradou, Courtney Love & D.J. Milky

osamu tezuka

Princesse Saphir

Di Gi Charat

Official Comic Anthology

**QUAND KAWAÏ RIME AVEC COMÉDIE,
DÉCOUVREZ LA CULTURE OTAKU
SENS DESSUS DESSOUS !**

Dans cette boutique ultra branchée
de manga, tout peut arriver.

Tout, et surtout n'importe quoi,
comme vont le découvrir
la princesse Dejiko
et son ennemie jurée Rabi en Rose,
deux extra-terrestres hyper chouchou
bloquées sur la Terre,
pour se jouer des tours pendables
à qui mieux mieux.

Une comédie complétement déjantée !

Scénario et dessins : **Koge-Donbo & C°**
Une série complète en 4 volumes

SOLEIL MANGA

Koge-Donbo

Di Gi Charat

Official Comic Anthology Vol 1

SOLEIL MANGA

DA! DA! DA!
1
Mika Kawamura
SOLEIL MANGA

SOLEIL MANGA
1
Cyber Idol
Tachikawa
Megumi
Mink

Ange, mode d'emploi.

Ange gardien
ou **catastrophe ambulante** ?

Une peluche en forme de dinosaure !
Quelle drôle d'idée de cadeau de Noël...
Mais le jouet se révèle vivant
et plutôt envahissant !
Est-ce un vrai (et très vilain) ange gardien
ou une véritable catastrophe ambulante ?
La jeune Tenko n'est pas au bout
de ses surprises...

L'auteur de *Complex* nous entraîne
dans une charmante comédie
pleine de surprises qui se dévore
de bout en bout.

Scénario et dessins : **Kumiko Kikuchi**
Une série complète en 6 volumes

SOLEIL MANGA

SOLEIL MANGA
Ange, mode d'emploi.
1
KUMIKO KIKUCHI

LA GUERRE AMOUREUSE EST OUVERTE !!

NE RATEZ PAS

LA TENSION EST À SON MAXIMUM !!
TA-MON
...
LÂCHE AMI TOUT DE SUITE !
HA-RU-KI
ET SI JE REFUSE ?
A-MI
IL EST SÉRIEUX ?
LE VOLUME 8 !!

C'EST AVEC MOI ... QU'ELLE SORT, DORÉNAVANT.
QUE ... QUOI ?!
À SUIVRE DANS LE VOLUME 8

... QU'ELLE N'A PLUS BESOIN DE TOI, MAINTENANT.

QUI T'ES, TOI ?
QU'EST-CE QUE TU FAIS À AMI ?!
ALORS C'EST TOI...
... SON COPAIN.
OUAIS, C'EST MOI.
ÇA TE POSE UN PROBLÈME ?
AUCUN.
LAISSE-MOI JUSTE TE DIRE...
HEIN ?!

QUE... QU'EST-CE QUE TU FAIS ?!
ÇA VA PAS, LA TÊTE ?!
AMI ?
QU'EST-CE QUI SE PASSE ?!
TAMON !

EH !
ARRÊTE ! PAS DE ÇA !
J'AI UN COPAIN, MOI !
TIENS... C'EST LUI !
...
HAA...
SCRIICH

HAA...
IL EST TROP FORT...
HAA...
QUAND IL JOUE, IL RESSEMBLE À CELUI QU'IL ÉTAIT AVANT...
DIS...
TU N'AS PAS VRAIMENT ARRÊTÉ DE JOUER AU BASKET, HEIN ?
POURQUOI AS-TU CHOISI DE VENIR DANS NOTRE LYCÉE ?
PARCE QUE TU Y ÉTAIS.

QU'EST-CE QUE...
... JE SUIS EN TRAIN DE FAIRE, MOI ?!
JE LE LAISSE ME DIRIGER !

OUPS ! ON VA ÊTRE EN RETARD AUX COURS DU SOIR !
À BIENTÔT, HARUKI !
QU'EST-CE QUE TU REGARDES ?
びくっ
QUE... QU'EST-CE QUE TU FAIS LÀ ?
IL MANQUAIT PLUS QUE ÇA...
ROLL
J'HABITE DANS LE COIN.
A... AH BON...
JOUE UN PEU AVEC MOI !
HEIN ?! DE QUOI ?!
MAIS JE...
LA PASSE !

PAS GRAVE.
J'AI DE QUOI M'OCCUPER.
LE "SUPER BOYS" OÙ IL Y A TAMON EN PHOTO ! ♡
CE MAGAZINE EST MON TRÉSOR !
TU TRIMBALLES CE TRUC DANS TON SAC ?!
HÉ HÉ HÉ ! ET MAINTENANT, C'EST MOI QUI VAIS FAIRE LE MANNEQUIN !
PAR CONTRE, IL VA FALLOIR SE COLTINER HARUKI...
STAM
STAM
HARUKI !
T'ES TROP FORT ! METS-TOI UN PEU À NOTRE NIVEAU !
TU RÊVES !
SUPER !
FAIS-NOUS VOIR UN DUNK, MAINTENANT !

PAS LE TEMPS DE LAMBINER !
MASQUES AU COLLAGÈNE ! MASSAGES ! TRAITEMENT CAPILLAIRE ! TOUT DOIT ÊTRE PARFAIT !
AÉROBIC ! RENDEZ-VOUS AU SALON DE COIFFURE !
PLUS DE NOUILLES, NI DE RAVIOLIS CHINOIS !!
À l'aide, sœurette !
Allô ?
PEUH ! TU PERDS TON TEMPS !
C'EST ÇA ! REGARDE-TOI UN PEU AVANT DE PARLER !
OUH ! ÇA VA CHAUFFER !
LA COMPÉTITION VA ÊTRE RUDE, MAIS JE NE LE CÉDERAI PAS À NOA !
LET'S GOOO !!
IL FAUT TOUJOURS QU'ELLE EN RAJOUTE ...
HAA...
HAA...
HAA...
J'AI COURU SI VITE QUE JE SUIS ARRIVÉE EN AVANCE À MON RENDEZ-VOUS AVEC TAMON...
Haa... Haa...

L'AVENIR DU LYCÉE TANOKURA REPOSE SUR VOS ÉPAULES ! ALORS TÂCHONS DE TRAVAILLER ENSEMBLE, DANS LA JOIE ET LA BONNE HUMEUR !
Un peu exagéré...
Moi aussi je ferai de mon mieux !
Cahier de dessin
J'Y CROIS PAS ! POUR QUI IL SE PREND ?!
IL SE CROIT LE ROI DU LYCÉE !
RAÂH ! QU'EST-CE QUE ÇA M'ÉNERVE !!
JE NE PEUX MÊME PAS ME RÉJOUIR D'AVOIR ÉTÉ CHOISIE COMME MANNEQUIN !
Quel prétentieux !
はっ

QUE...
QU'EST-CE QUE ÇA VEUT DIRE ?
C'est une blague ?!
C'EST SIMPLE ! POUR LES GARÇONS, HARUKI A TELLEMENT DE FANS QU'IL EST ÉLU D'OFFICE.
MAIS !
POUR LES FILLES, PAR CONTRE, ÇA RISQUAIT DE SE FINIR EN BAIN DE SANG.
SI C'EST MOI QUI VOUS DÉSIGNE...
... IL N'Y AURA AUCUNE PROTESTATION.
VOILÀ ! JE COMPTE SUR VOUS !
SA MAJESTÉ HARUKI A TOUJOURS RAISON.
AMI, NOA !

SALLE D'ANGLAIS
AMI, NOA ! VOUS SEREZ LES MANNEQUINS OFFICIELS !
OUI ! "L'ÉQUIPE DE DESIGN DU NOUVEL UNIFORME DU LYCÉE TANOKURA" !!
V'LÀ LE NOM À RALLONGE !
KYAAA ! C'EST VRAI ?!
GÉNIAL !
VOUS AVEZ L'ŒIL, MIYAMU !
MAIS POURQUOI VOUS ÊTES-VOUS DÉCIDÉS SI RAPIDEMENT ?
C'est quoi ça ?
PARCE QUE C'EST HARUKO, LE MODÈLE MASCULIN, QUI VOUS A DÉSIGNÉES !! ♡

TU TOMBES BIEN, HARUKI !!
JE SAIS PAS OÙ TU TE CROIS, MAIS CET ENDROIT APPARTIENT À TOUT LE MONDE !
SI C'EST UN BAISER QUE VOUS VOULEZ, ALLEZ FAIRE LA QUEUE SUR LE TOIT DE L'AILE OUEST.
J'irai après manger
TOUJOURS AUSS IMPULSIVES, HEIN ?
VOUS CHANGEZ PAS, TOUTES LES DEUX !
TOI PAR CONTRE, SI !!
BON... LAISSONS TOMBER.
ÇA VA ÊTRE GALÈRE DE FAIRE ÉQUIPE AVEC VOUS...
Z'ÊTES TROP FATIGANTES.
FAIRE...
... ÉQUIPE ?

ÇA A L'AIR D'ÊTRE LA GUERRE ENTRE VOUS DEUX.
MAIS ALLEZ VOUS CRÊPER LE CHIGNON AILLEURS.
T'AS RAISON. SURTOUT QUE T'ES PAS ENCORE REMISE DE T'ÊTRE FAIT PLAQUER PAR TOMOHIRO.
!!!
C'EST LA BAGARRE QUE TU CHERCHES, AMI ?!
DE QUOI JE ME MÊLE ?!
À PARTIR D'AUJOUR-D'HUI...
... CE TOIT EST À MOI.
DÉGAGEZ !

ÇA ME REND UN PEU TRISTE...
IL A DÛ ARRÊTER LE BASKET.
SINON IL N'AURAIT PAS CHOISI NOTRE LYCÉE.
VU QU'IL N'Y A PAS D'ÉQUIPE MASCULINE.
TU T'INQUIÈTES POUR LUI, AMI ?
TU FERAIS MIEUX DE NE PAS T'EN MÊLER. TU AS TAMON.
JE NE M'INQUIÈTE PAS DU TOUT !!
DIS PAS N'IMPORTE QUOI !
OUAIS... JE ME MÉFIE. TU AIMES BIEN T'OCCUPER DES AUTRES...
ALORS QUE T'ES LA PREMIÈRE À T'ATTIRER DES ENNUIS.
LA FERME !
TU PEUX PARLER, TOI !
C'EST DU PASSÉ.
IL EST FINI LE TEMPS OÙ NOUS NOUS PIQUIONS LES GARÇONS !
GRRR

AILE OUEST
Yone
FWUP
ヒュルルー
IL A CARRÉMENT CHANGÉ DU TOUT AU TOUT...
TU TROUVES AUSSI ?
ICI, C'EST L'AILE EST.
C'EST DINGUE... COMMENT PEUT-ON CHANGER À CE POINT ?
AVANT, IL ÉTAIT TOUJOURS GENTIL ET SI SÉRIEUX...
IL A DÛ PÉTER UN CÂBLE ...
EUH ...
C'EST TRÈS BIZARRE, MAIS...
ÇA FAIT VRAIMENT DRÔLE DE VOIR LE GARÇON QUE J'AI AIMÉ SI DIFFÉ-RENT...

RÉSERVÉ AUX ÉLÈVES DE TANOMURA
FAN CLUB DE SA MAJESTÉ HARUKI
OBJETS EN VENTE AUX ENCHÈRES
CLIQUEZ !
➤ CHEVEUX (PAQUET DE TROIS)
➤ PAIN ENTAMÉ (AVEC EMPREINTES DENTAIRES)
➤ BOUTEILLE D'EAU VIDE (50 CL) (AVEC EMPREINTES DIGITALES)
N'IMPORTE QUOI !!
REGARDE LES PRIX ! 10 000 YENS ! Ils sont fous !
J'ARRIVE PAS À CROIRE QUE HARUKI SOIT ARRIVÉ DANS NOTRE LYCÉE... PFF...
ET MOI DONC ALORS !
C'EST VRAI, CETTE RUMEUR ?!
IL PARAÎT QUE HARUKI EMBRASSE LES FILLES QUI SE RENDENT SUR LE TOIT DE L'AILE OUEST APRÈS LES COURS !
SÉRIEUX ?! J'Y CROIS PAS !
MOI, J'Y VAIS !
!!!

OÙ ALLEZ-VOUS, MONSIEUR KOIZUMI ?!
IL N'Y A PAS CINQ MINUTES QUE LE CONTRÔLE A COMMENCÉ !
Hum
V... VOUS AVEZ TOUT BON !
ZAM
C'EST PAS POSSIBLE ! IL A TROP LA CLASSE ! J'VEUX ÊTRE COMME LUI !
C'EST UN TUEUR !
LES AUTRES GARÇONS
AVEC LUI, ON A PEUT-ÊTRE UN ESPOIR QUE LES FILLES ARRÊTENT DE NOUS PRENDRE POUR DES NAZES !
ARRIVÉE AU LYCÉE DE SA MAJESTÉ HARUKI (VERS MIDI)
PETITE COLLATION EN SÉCHANT LES COURS
BÂILLEMENT DE FATIGUE
IL EST HYPER GRAND ! ♡
ET IL PARAÎT QU'IL A VÉCU AUX ÉTATS-UNIS. IL DOIT PARLER SUPER BIEN ANGLAIS !
MIEUX QUE MIYAMU, SI ÇA SE TROUVE !

JE VOIS CLAIR DANS TON JEU...
... IDIOTE.
TU L'AS VU, TOI ?
LE NOUVEAU GARÇON, JE VEUX DIRE.
IL EST TROP CANON !

IL N'Y A QUE LUI QUI M'INTÉ-RESSE !

... HUM
?
QUOI ?!
NON... APRÈS TA DOUBLE RATION D'AIL, JE PRÉFÈRE M'ABSTENIR.
Tant pis
MAIS MAINTENANT...
BON, J'Y VAIS.
D'ACCORD ...
NOTRE HISTOIRE N'A MÊME PAS EU LE TEMPS DE COMMENCER.
... C'EST TA-MON QUE J'AI-ME.
JUSTE UN PETIT... ♡
snif
Top
Top

ON A DES EXAMENS DANS MON COLLÈGE, LE QUATORZE.
ÇA TE DIT DE FAIRE UNE PETITE FÊTE TOUS LES DEUX...
QUAND ILS SERONT FINIS ?
MAIS JE NE SUIS PAS ALLÉE AU RENDEZ-VOUS !

IL S'EST PASSÉ QUELQUE CHOSE ?
RIEN DU TOUT, JE T'ASSURE !
POURQUOI JE PANIQUE COMME ÇA ?
CE N'EST PAS LA PEINE DE PARLER...
... DE HARUKI À TAMON.
TU SAIS QUOI ? ON VA AVOIR UN NOUVEL UNIFORME AU LYCÉE !
AH OUAIS ? QUEL GENRE ?
ON SAIT PAS ENCORE. C'EST MIYAMU QUI VA FAIRE LE DESIGN.
OUH LÀ...
ÇA FAIT QUATRE ANS, APRÈS TOUT.
ET PUIS IL A COMPLÈTEMENT CHANGÉ ...
TU NE TE RAPPELLES PAS DU GARÇON QUE TU AS JETÉ ?
JE NE L'AI PAS OUBLIÉE ...
... CETTE SAINT-VALENTIN D'IL Y A QUATRE ANS...
À CETTE ÉPOQUE, JE...

C'EST PAS POSSIBLE ... ÇA NE PEUT PAS ÊTRE HARUKI !
QU'EST-CE QUI T'ARRIVE, AMI ?
AH ...
R... RIEN... POURQUOI ?
TU ES MALADE ?
TU NE MANGES RIEN.
D'HABITUDE, TU ADORES LES NOUILLES À LA SAUCE PIQUANTE AVEC DOUBLE RATION D'AIL.
NON, NON, NON... ÇA VA TRÈS BIEN...

ばーーーか
IDIOTE
ばーーーか
IDIOTE
ばーーーか
IDIOTE
ばーーーか
IDIOTE
STOM
ぽい
TOI, PAR CONTRE, ON DIRAIT QUE T'ES RESTÉE UNE VRAIE GAMINE...
HEIN, AMI ?
Toute petite.

C'EST NORMAL DE CHANGER EN QUATRE ANS, NAN ?
IDIOTE !

C'EST PAS VRAI...
T'AS COMPLÈTEMENT CHANGÉ !
TU N'AS PLUS RIEN À VOIR...
OUH LÀ LÀ, JE PANIQUE !
... AVEC LE HARUKI QUE JE CONNAISSAIS !
C'EST QUOI CETTE POSITION ?!
OH, C'EST BON ! PAS LA PEINE D'EN FAIRE UN PLAT.
DIS-MOI QUE C'EST PAS VRAI !
QUE QUOI EST PAS VRAI ?
ET ARRÊTE UN PEU DE GESTICULER !
VLAM
FWOP
GYAAH ! LÂCHE-MOI !!

MOI, C'EST KOIZUMI HARUKI.
ON EST DANS LA MÊME CLASSE AU COURS DU SOIR.
ÇA FAIT QUATRE ANS.
KOIZUMI HARUKI...
IL JOUAIT AU BASKET AU COLLÈGE RATTACHÉ À L'UNIVERSITÉ SHIOMI, CÉLÈBRE POUR SON ÉQUIPE, MAIS IL EST PARTI VIVRE TROIS ANS AUX ÉTATS-UNIS AVEC SES PARENTS.
IL A PASSÉ L'EXAMEN D'ENTRÉE AVEC 20/20 PARTOUT !
C'EST PLUTÔT UN DRÔLE DE NUMÉRO, NON ?
...

TU JOUES AU BASKET À L'ÉCOLE ?
JOLI !
HA...
KOIZUMI HARUKI
HARUKI... ?

MON NOM...
... NE TE RAPPELLE RIEN ?
KOIZUMI...
... HARUKI... ?

URUKYU.

KOIZUMI HARUKI
KOIZUMI HARUKI
CONTENT DE TE REVOIR, AMI.

TU M'AS OUBLIÉ ?
TU NE TE RAPPELLES PAS DU GARÇON QUE TU AS JETÉ ?
... ?!
HEIN... ?
QUE... QU'EST-CE QUE TU RACONTES ?!
JE RÊVE ?!
ON NE SE CONNAÎT PAS...
T'ES SÛRE QUE MON NOM TE RAPPELLE RIEN ?

AÏE !
QU'EST-CE QUI TE PREND TOUT À COUP ?!
ON DIRAIT QUE...
... TU NE TE SOUVIENS VRAIMENT PAS DU TOUT DE MOI.
HEIN ?!

QU'EST-CE QUI M'ARRIVE... ?
J'AI L'IMPRES-SION ...
DE LE CONNAÎ-TRE...

W... WOW !
IL EST FORT !
C... C'EST DINGUE... !
TU PEUX DUNKER ?
TU JOUES AU BASKET ?!
ON N'A PAS D'ÉQUIPE MASCULINE ICI, TU SAIS ?
AH...

MOI, C'EST ...
... UZUKI AMI !
ENCHANTÉE ... ☆
SUPER AMBIANCE...
QU'IL A À RESTER MUET ET À ME DÉVISAGER COMME ÇA ?
MAIS ATTENDS VOIR...
"KOIZUMI"... ÇA ME DIT QUELQUE CHOSE...
C'EST LE GYMNASE, LÀ-BAS ?
EUH... O... OUI...

... QU'IL Y A...
OUH LÀ LÀ !
UN NOUVEAU GARÇON DANS NOTRE LYCÉE...
Y A BEAUCOUP DE SURPRISES AUJOURD'HUI...
EUH... C'EST PAR ICI
IL M'ÉCOUTE ?
EUH... TU AS DÛ ÊTRE ÉTONNÉ DE VOIR QU'IL Y A AUTANT DE FILLES DANS NOTRE LYCÉE, HEIN ?
IL N'A PAS PERDU DE TEMPS, DIS DONC...
C'EST UN RAPIDE...
UNE FILLE PRISE AU HASARD.
EN FAIT, C'ÉTAIT UN LYCÉE POUR FILLES, À LA BASE, ALORS IL N'Y A PRESQUE PAS DE GARÇONS...
IL EST GRAND, ET PUIS IL EST PLUTÔT MIGNON, MAIS BON...
IL A PAS L'AIR COMMODE...
LE PREMIER ÉLÈVE MASCULIN DU LYCÉE.
UN NOUVEL ÉLÈVE ?!
YES ! ET PAS N'IMPORTE QUI !
MOI, C'EST KOIZUMI.
A... AH BON ? D'ACCORD...
C'est noté...

DÉSOLÉE DE VOUS AVOIR DÉRANGÉS !!
ATTENDS UN PEU.
HYII
PUISQUE TU L'AS FAIT FUIR, FAIS-MOI VISITER LE BAHUT À SA PLACE.
ASSUME TES RESPON-SABILITÉS.
?
SALLE D'ANGLAIS
QUOI ?!
ALORS, CETTE GRANDE NOUVELLE, C'EST...

AH !
K... KYAAAH !
ばたばた

AH ?
AMI ?!
UN NOUVE UNIFORM !
TROP GÉNIAL ! ♡
IL FAUT VITE QUE JE DISE ÇA À TAMON !
J'AIME BIEN L'ACTUEL, MAIS IL EST UN PEU TROP SOBRE.
J'ESPÈRE QUE LE NOUVEAU SERA PLUS MIGNON !
HISTOIRE QUE TAMON PERDE COMPLÈTEMENT LA TÊTE POUR MOI ! ♡
LE PLUS IMPORTANT.
TIENS ?
IL Y A ENCORE QUELQU'UN DANS CETTE CLASSE ?

JE PEUX VOUS OFFRIR MES SERVICES !
AVEC MOI, SUCCÈS **GARANTI** ! ☆
TU RÊVES, AMI ! T'AS PAS DE POITRINE !
OUAIS, MAIS J'AI LE TEINT CLAIR, AU MOINS
DU CALME, DU CALME ...
JE SAIS QUE L'ATTENTE SERA INTENABLE, MAIS ESSAYEZ DE CONTENIR VOTRE ☆ EXCITATION !
CE N'EST PAS TOUT ! J'AI UNE AUTRE **GRANDE NOUVELLE** À VOUS ANNONCER !!

C'EST UNE STRATÉGIE DE L'ADMINISTRATION POUR ATTIRER DE NOUVELLES ÉLÈVES !
IL Y A PAS MAL DE FILLES QUI CHOISISSENT LEUR LYCÉE EN FONCTION DE L'UNIFORME, DE NOS JOURS !
ET JE PEUX VOUS GARANTIR QUE LE NOUVEAU VA ASSURER GRAVE PARCE QUE C'EST MOI QUI SUIS CHARGÉ DE METTRE EN ŒUVRE MES DONS DE FASHION LEADER POUR LE DESIGN ! ☆
AUTREMENT DIT, LA RÉPUTATION DU LYCÉE VA MONTER EN FLÈCHE GRÂCE À MON TALENT EXCEPTIONNEL !
J'Y CROIS PAS ! C'EST TROP COOL !
IL Y CROIT.
CE SERAIT GÉNIAL D'AVOIR UNE CRAVATE !
EH ! VOUS M'ÉCOUTEZ ?!
BIEN SÛR !
IL VA VOUS FALLOIR UN MANNEQUIN...

OTHERS
PEUH !
SALLE D'ANGLAIS
MIYAMU'S PALACE
UN NOUVEL UNIFORME ?!
C'EST UNE INFO DE SOURCE SÛRE ?!
ÉVIDEMMENT, LES FILLES !
☆ C'EST DU SÛR DE SÛR !

QU'ARRI-
VERA-
T-IL...
?
ゴオオオオ…
ゴオオオ!!
Super Boys
ざわざわ
...
パラ
ボーイズ

L'AMOUR...
L'AMOUR ÉTERNEL...
NOUS AVONS ÉCHANGÉ LES BRACE-LETS DE LA LÉGENDE.
J'IGNORAIS QUE L'AMOUR POUVAIT ÊTRE SI PROFOND.
SI JE CONTINUE À L'AIMER DE PLUS EN PLUS...
JE ME DEMANDE CE QUE JE VAIS DEVENIR...

AMI... PARDONNE-MOI CETTE QUESTION UN PEU BRUSQUE, MAIS...
T'ES ALLÉE JUSQU'OÙ AVEC TAMON ?
EUH... HAWAÏ ?
C'EST ÇA ! T'AURAIS DÛ Y RESTER !
POURQUOI TU ME POSES CETTE QUESTION, NOA ?! COCHONNE !!
C'est ma vie privée !
Hum...
DISONS QUE C'ÉTAIT JUSTE PAR CURIOSITÉ...
ÇA M'ÉPATERAIT QUE TU FASSES LE GRAND SAUT AVANT MOI.
COMMENT ÇA, "ÇA T'ÉPATE-RAIT" ?!
OUI... ENFIN, TU VOIS CE QUE JE VEUX DIRE...
NOUS NOUS SOMMES PROMIS DE NOUS AIMER POUR TOUJOURS, À HAWAÏ.
C'EST TOI, MON TRÉSOR...

JE NE PEUX PAS LUI RÉSISTER.
Super Boys
J'ARRIVE PAS À ME FAIRE AUX BAISERS.
C'EST AGRÉABLE, BIEN SÛR, MAIS ÇA ME FAIT TOUJOURS UN CHOC, JUSTE AVANT QUE NOS LÈVRES SE TOUCHENT.
SURTOUT QU'À CHAQUE FOIS, TAMON ME PREND PAR SURPRISE.
LE COQUIN !

TU AS CHANGÉ...
... DE LIPSTICK ?
O... OUI...
JE T'EN AI ENLEVÉ UN PEU.
Désolé
C'EST COMME ÇA...
J'Y PEUX RIEN...

ZUT ! IL EST HYPER LONG, CE FEU !
PFFF... JE LE SENS MAL, LE RENDEZ-VOUS D'AUJOURD'HUI...
TUTUT

IL NE SE REND PAS COMPTE DE TOUT CE QUE JE FAIS !
EN PLEINE OBSERVATION DES POINTS À AMÉLIORER.
Je devrais peut-être remonter un peu ma jupe...
JE ME PRÉPARE À FOND POUR CHAQUE RENDEZ-VOUS !
TÂCHE D'ÊTRE À L'HEURE !
ET LÀ, J'AI LE CŒUR QUI TAMBOURINE DANS MA POITRINE...
IL ME TIENT MÊME PAS LA MAIN...
MAIS LUI, IL NE COMPREND RIEN !
AH !

JE SUIS DU LYCÉE TANOKURA ! ÇA VOUS POSE UN PROBLÈME ?!
DU CALME ! COUCHÉE !
PAS LA PEINE DE TE METTRE DANS CET ÉTAT...
PARCE QU'ELLES CRITIQUENT TON UNIFORME...
SI ! JE L'AIME BIEN MOI, CET UNIFORME !
AH OUAIS ?
T'AS DE DRÔLES DE GOÛTS, PARFOIS !
AVEC TOUS LES EFFORTS QUE JE FAIS POUR LUI !
ON NE PEUT SE VOIR QU'APRÈS LES COURS !
J'AIMERAIS QU'IL ME REGARDE UN PEU MIEUX !

FILE 001
TAMON
TOMOHIRO
ON S'EST FAIT PRENDRE À NOTRE INSU EN SORTANT DU BAHUT.
FILE 003
007
WOW ! VOUS ÊTES SUPER !
EN PLEINE PAGE, EN PLUS !
DOSSIER SPÉCIAL : LES GARÇONS LES PLUS CANONS APRÈS LES COURS
AH !
IL VA AVOIR ENCORE PLUS DE SUCCÈS !!
IL EST PAS MAL, CE GARÇON !
C'EST SA CO-PINE, LA FILLE AVEC LUI ?
EH ! MAIS C'EST CELUI QUI EST EN PHOTO DANS LE MAGAZINE !
Ouste !
Pas touche !
Ouste !
Copine officielle
Circulez !
OUAIS, EXACTEMENT ! ALORS BAS LES PATTES, LES MINETTES !
D'OÙ ELLE SORT, CETTE RINGARDE ? REGARDEZ SON UNIFORME TOUT NAZE !

IL A TROP DE SUCCÈS...
Ça m'énerve...
IL EST VRAIMENT TROP CANON, FRANCHEMENT...
WAAAH !!
IL EST SORTI !
TROP GÉNIAL !!
MOINS FORT !
Super Boys

... J'AI UN COPAIN, LE GARÇON LE PLUS HYPER CANON, TAMON.
JE SUIS...
... DÉJÀ PRIS !
ET C'EST LE GRAND AMOUR !
T'ES EN RETARD, AMI !
UNE MINUTE DE PLUS, ET JE ME FAISAIS EMBARQUER PAR CES FILLES !
TU M'AS CRU ? HÉ HÉ...

NOA, MON ÉTERNELLE RIVALE (?), A EU PAS MAL D'HISTOIRES, ET ACTUELLEMENT, ELLE N'A..
PAS DE CO-PAIN !
PAS LA PEINE DE L'ÉCRIRE AUSSI GROS !
LES GRIS-GRIS POUR ATTIRER L'AMOUR QUE J'AI ACHETÉS À HAWAÏ N'ONT PAS L'AIR EFFICACES, ♡ MALHEUREUSEMENT.
QUE DES COMMANDES SPÉCIALES.
De l'argent foutu en l'air...
ALOHA
ET MOI ...
KYAAH ! JE SUIS EN RETARD À MON RENDEZ-VOUS CHEZ MADAME IRMA !!
Oups!
MOI AUSSI, JE SUIS EN RETARD ! ZUT !
UZUKI AMI...
ALLEZ, QUOI !
VIENS PRENDRE UN VERRE AVEC NOUS ! ♡
RESTE PAS PLANTÉ LÀ !
T'AS RIEN À FAIRE DE TOUTE FAÇON NON ?
DÉSOLÉ, LES FILLES, MAIS...

PEUH ! LE SALE PLAN DRAGUE !
FAUT VRAIMENT ÊTRE STUPIDE POUR S'INTÉRESSER À CES MECS-LÀ !
OUAIS... MAIS EN ATTENDANT, C'EST PAS NOUS QU'ILS VIENNENT DRAGUER, NOA...
"LES GARÇONS N'ONT QU'À BIEN SE TENIR" ? TU PARLES... IL SERAIT TEMPS DE PENSER À ARRÊTER LES POÈMES, MA VIEILLE.
Pfff!
Cahier de poèmes de Noa
C'EST PARCE QUE JE SUIS AVEC TOI QUE JE PEUX PAS DONNER LA PLEINE MESURE DE MON POTENTIEL !!
FINIES LES VACANCES ! LES COURS ONT RECOMMENCÉ !
EH ! T'ES GENTILLE DE PAS TOUT ME METTRE SUR LE DOS ! C'EST PAS DE MA FAUTE SI AUCUN GARÇON NE VEUT DE TOI !
RAÂÂH !! QUAND LE BONHEUR VIENDRA-T-IL FRAPPER À MA PORTE ?
QUOI ?! QU'EST-CE QUE T'AS DIT ?!
LA VÉRITÉ !

NON, NON, NON !
J'AI UN **COPAIN**, MOI !
ET MOI, JE SUIS PAS D'HUMEUR !
BYE-BYE ! ☆

C'EST PAS UN UNIFORME D'UN BAHUT DU COIN, ÇA.
VOUS VENEZ SOUVENT PAR ICI ?
ALORS, CETTE PETITE VIRÉE ? QU'EST-CE QUE VOUS EN DITES ?
HUM... ♡
JE SAIS PAS TROP...

LA MAGIE D'APRÈS LES COURS
JE M'ÉLANCE LORSQUE LA SONNERIE RETENTIT, UN COUP DE PEIGNE,
UN COUP DE LIPSTICK, COUP D'ŒIL DANS LE MIROIR ☆
TRANSFORMATION RÉUSSIE
LES GARÇONS N'ONT QU'À BIEN SE TENIR
EN UNIFORME, C'EST MOI LA PLUS BELLE
(POÈME DE NOA)
SALUT, LES FILLES !
VOUS FAITES QUOI, LÀ ?
ÇA VOUS BRANCHE UNE VIRÉE AVEC NOUS ?
Cahier de poèmes de Noa

URUKYU.

ON REVIEN-DRA... UN DE CES QUATRE, HEIN ?
OUI...
NOUS REVIENDRONS.
ET LA PROCHAINE FOIS, ON S'ARRANGERA POUR ÊTRE ...
... RIEN QUE TOUS LES DEUX.
D'ICI LÀ...
ME KE ALOHA
(TU RESTERAS DANS MON CŒUR)
♡
OH OUI !!
SIGNÉ, AMI

UN ARC-EN-CIEL ...
... TOUT ROND !
BYE-BYE, HAWAÏ.

J'AI COMME L'IMPRESSION QUE NOTRE RETOUR AU JAPON VA ÊTRE AGITÉ...
IL Y A DES CHANCES ...
NOUS REPARTONS TOUS AVEC PLEIN DE SOUVENIRS DIFFÉRENTS.
AH !

C'EST PAS VRAI ?!
Y'AVAIT UNE LÉGENDE PAREILLE ?!
ET C'EST SEULEMENT MAINTENANT QUE TU ME LE DIS ?!
J'ai acheté plein de trucs !
Aïe !
OUI... MAIS ENFIN... NOA...
ET... AHEM... TA RENCONTRE AVEC TOMOHIRO ...
AHEM...
ÇA S'EST BIEN PASSÉ... ?
...
T'OCCUPE PAS DE ÇA !
HELLO, NOA !
JE SUIS VENU TE DIRE AU REVOIR ! ♡
Salut !
C'EST ÇA, AU REVOIR ! CASSE-TOI !
Fichez-moi la paix, tous !
Il était là aussi, lui ?
Hum ...

ALOHA !
LES ADIEUX NE SONT PAS TRISTES...
... AVEC UN SOURIRE PAREIL !

CONTINUE À BIEN T'OCCUPER D'AMI, HEIN ! LA LAISSE PAS FILER !
PAS DE RELÂCHEMENT, PARCE QUE VOUS AVEZ FAIT LA PROMESSE ! ☆
T'INQUIÈTE PAS POUR NOUS ! HÉ HÉ...
ET TÂCHEZ DE MONTER DANS L'AVION, CETTE FOIS !
ALOHA !

C'EST FINI MAINTENANT.
JE NE FUIRAI PLUS.
KANE...
C'EST NUL ET ÇA N'AVANCE À RIEN.
MERCI, AMI.
ME KE ALOHA.
(TU RESTERAS DANS MON CŒUR)
TU VAS PAS FAIRE UNE MA-LADIE POUR UN PETIT BISOU D'ADIEU, HEIN !
T'en veux, un aussi ?
GRRR...

WOW !
QUEL BEL ARC-EN-CIEL !
VOUS AVEZ VU, MLLE SANA ?
LES ARCS-EN-CIEL NE M'INTÉRESSENT PAS.
PFF... J'AI ÉTÉ BÊTE...
JE N'AURAIS PAS DÛ RENONCER À CES BRACELETS...
WOW ! QUELLE LIMOUSINE !
KANE EST D'UNE FAMILLE SUPER RICHE, EN FAIT...
JE VOUS LAISSE LÀ.
IL FAUT QUE JE RENTRE À LA MAISON.

C'EST TOI MON TRÉSOR ...
... TAMON.

C'EST LE PLUS BEL ARC-EN-CIEL ...
QUE J'AI JAMAIS VU !
TU N'AURAIS PAS DÛ RETIRER LE BRACELET QUE JE T'AI OFFERT ?
LE POUVOIR DE L'AMOUR ? TU VEUX FAIRE LE PLEIN ?
SI ÇA SE TROUVE, ÇA VA PAS MARCHER.
BIEN SÛR...
QU'EST-CE QUE T'EN DIS...
... REI ?
PAS D'IN-QUIÉTUDE.
SON POUVOIR EST PLUS PUISSANT QUE CELUI DE N'IMPORTE QUEL AUTRE BRACELET.

UN ARC-EN-CIEL !
L'ARC-EN-CIEL EST LA DEMEURE DU DIEU DU BONHEUR !
C'EST UN PORTE-BONHEUR.
LA PREUVE : J'EN AI VU UN LE JOUR OÙ JE T'AI RENCONTRÉ, KANE.
ET CHAQUE JOUR, JE PRIE...
... POUR EN VOIR UN !

JE T'AI-ME.
ET À TOI...
... JE DONNE TOUT CE QUE J'AI.

...
TU... TU CROIS QUE LA LÉGENDE EST VRAIE ?
UN AMOUR ÉTER-NEL...
À NOUS DE FAIRE EN SORTE QU'ELLE LE SOIT.

NAU KO'U ALOHA...
Nau ko'u aloha
QU'EST-CE QUE ÇA VEUT DIRE ?
"JE TE DONNE...
... TOUT CE QUE J'AI."
LE SOLEIL SE POINTE.
ALLEZ-Y !

VOUS VOYEZ BIEN COMME C'EST ÉTROIT. IL N'Y A DE LA PLACE QUE POUR DEUX.
C'EST UNE AFFAIRE DE COUPLE, DE TOUTE MANIÈRE.
JE NE VOUS DEMANDE PAS...
... DE LE FAIRE À LA PLACE DE REI ET MOI.
FAITES-LE POUR VOUS, TOUS LES DEUX.
C'EST VOUS QUI AVEZ TROUVÉ LES BRACELETS. C'EST NORMAL.

VOICI LA GROTTE DE L'ARC-EN-CIEL.
VOUS VOYEZ CETTE CAVITÉ ?
C'EST LÀ QU'IL FAUT FAIRE LA PRO-MESSE.
ALLEZ-Y, JE VOUS ATTENDS LÀ.
HEIN ?!
KANE ?!

IL Y A PLEIN DE PLANTES QUE JE NE CONNAIS PAS.
C'EST VRAIMENT LA JUNGLE !
REGARDEZ OÙ VOUS METTEZ LES PIEDS.
OH ! REGARDEZ ! DES POULES !
ELLES SONT SAUVAGES.
Leur fais pas peur.
ET ÇA ET ÇA ! C'EST QUOI ?!
ATTENTION, TU VAS TOMBER !
NOUS Y VOILÀ.

ON SE CROIRAIT DANS UNE ☆ JUNGLE !
L'ÎLE D'OAHU N'A RIEN À VOIR AVEC LES AUTRES ÎLES DE HAWAÏ !
LES ARCS-EN-CIEL NE SONT PAS RARES À HAWAÏ, MAIS...
... VUS DE LÀ-BAS, ILS SONT MAGNIFIQUES, À CE QU'ON DIT.
LA VÉGÉTATION Y EST LUXURIANTE.
IL Y A BEAUCOUP DE TOURNAGES DE FILMS ICI.
WAAH ! JE N'AI ENCORE JAMAIS VU D'ARC-EN-CIEL DEPUIS QU'ON EST ARRIVÉS !
TU EN AS DANS LES YEUX, POURTANT...
– LA GROTTE DE L'ARC-EN-CIEL EST AU FIN FOND DE CETTE ÎLE.
GÉNIAL ! GÉNIAL !!
QUELLE EXPÉRIENCE INCROYABLE !!

EN ROUTE POUR LA GROTTE DE L'ARC-EN-CIEL !!
WAOUH !
QUELLE FALAISE !!
IMPRESSIONNANTE !

EH BIEN...
CE N'EST PLUS LA PEINE, MAINTENANT.
TU N'AS PLUS BESOIN DE FUIR.
LES BRACELETS SONT LÀ.
ALLONS-Y !

CE... CE BATEAU... IL APPARTIENT À L'UN DES CLIENTS DE MON PÈRE...
ELLE M'ÉNERVE À SE PRENDRE POUR UNE PRINCESSE !
NON MAIS, SANS BLAGUE !
J'AI EU LA PEUR DE MA VIE...
RENCONTRER SANA À HAWAÏ...
POUR UN HASARD ...
KANE !
ÇA VA ?! TU ES FOU DE T'ÊTRE ATTAQUÉ À CES GROSSES BRUTES !
TU PEUX PARLER, AMI...
ILS ÉTAIENT EMBAUCHÉS PAR TON PÈRE, ALORS.
C'EST TOUJOURS COMME ÇA...
IL ME PREND POUR UN GAMIN...
JE DOIS TOUJOURS M'ENFUIR.

PAS LA PEINE !
ON SE DÉBROUIL-LERA TOUT SEULS.
TA-MON ...
D'ACCORD...
SOYEZ PRUDENTS.
JE SUIS VRAIMENT DÉSOLÉE DE CE QUI S'EST PASSÉ.

MA... MADEMOISELLE SANA ?!
J'AI HORREUR DE LA VIOLENCE.
EMMENEZ CES HOMMES, JE VOUS PRIE !
MAIS ENFIN... ?!
MADEMOISELLE SANA, CE VENT FRAIS RISQUE DE NUIRE À VOTRE SANTÉ. RENTREZ, S'IL VOUS PLAÎT.
AMI, TAMON... VOUS N'ÊTES PAS BLESSÉS ?
Tchoum !
MONTEZ À BORD.
NOUS ALLONS VOUS RAMENER.

SA...
SANA ?!
PARDON ! JE NE SAVAIS PAS !
EN ENTENDANT PARLER DE CES BRACELETS, J'EN AI EU SI ENVIE QUE J'AI DEMANDÉ À PAPA DE FAIRE QUELQUE CHOSE.
MAIS J'IGNORAIS CE QUI SE PASSAIT...
QUOI ?! ELLE ÉTAIT DANS LE COUP ?!
QUE... QUE FAIT-ELLE ICI... ?

ARRÊTEZ !!
CE SONT MES AMIS !
!?

SOIS SAGE, GAMIN.
C'EST LA PREMIÈRE FOIS QUE TU VOIS UN FLINGUE ?
C'EST PAS UN JOUET, JE TE PRÉVIENS.
DONNEZ-NOUS LES BRACELETS !
ALLEZ !
NON ...

BAISSE-TOI, AMI !
BOUGEZ PAS, VOUS DEUX !
NON !
NE LEUR FAITES PAS DE MAL !!
TAMON ...

CALME-TOI, KANE.
TU SEMBLES OUBLIER QUELQUE CHOSE.
CE N'EST PAS TOI QUI NOUS AS EMBAUCHÉS, MAIS TON PÈRE.
TU AS ASSEZ FAIT DE BÊTISES COMME ÇA. TIENS-TOI TRANQUILLE SI TU NE VEUX PAS QU'IL Y AIT D'ACCIDENT...
... COMME LA DERNIÈRE FOIS...
FERMEZ-LA !!

DONNEZ-NOUS CES BRACELETS.
OBÉISSEZ ET ON NE VOUS FERA PAS DE MAL.
ILS NOUS TIENNENT !
PAS QUESTION !
VOUS NE VOUS EN TIREREZ PAS COMME ÇA !

LE TRÉSOR QUE CHERCHAIT KANE…
LA PAIRE DE BRACELETS QUI UNIT UN COUPLE POUR L'ÉTERNITÉ…
PLUS UN GESTE !!

URUKYU.

C'EST CETTE CASSETTE... ?
NOUS AVONS TROUVÉ LE FAMEUX TRÉSOR ...
LA PAIRE DE BRACELETS DES AMOUREUX !!

LE SOLEIL S'EST LEVÉ...
IL ÉCLAIRE LE FOND DE L'EAU !
ぷはっ

…はぁ
はぁっ
ゲホ
ゲホ
はぁ
はぁ…

ゴボゴボ ゴボ ゴボ…
がぼっ
TA... MON ...
ザッ

KYAA !
OH... !
AMI... !
TAMON !

AMI !
ÇA SUFFIT. ÉCOUTEZ BIEN CE QU'ON VOUS DIT, MAINTENANT.
NOUS OBLIGEZ PAS À FAIRE DU MAL À VOTRE COPINE.
!

PARCE QUE C'EST MOI...
... QUI VEILLE SUR ELLE !
OUAIS, J'AI COMPRIS.
EH ! ÇA Y EST, LE SOLEIL SE LÈVE !
VOUS APERCEVEZ QUELQUE CHOSE ?

LE CIEL COMMENCE À S'ÉCLAIRCIR...
OUH LÀ LÀ... MON COEUR BAT LA CHAMADE...
VIVEMENT QUE LE SOLEIL SE MONTRE !
J'AI JAMAIS PENSÉ ME RABATTRE SUR AMI.
T'AS PAS INTÉRÊT !
NE ME REGARDE PAS AVEC CE REGARD ASSAS-SIN...

LA SURFACE EST TOUTE PLATE.
IL N'Y A RIEN DU TOUT POUR SE REPÉRER...
IL FAUT ATTENDRE LE LEVER DU SOLEIL.
C'EST LA SEULE SAISON DE L'ANNÉE OÙ LES VAGUES SONT CALMES. D'HABITUDE, LA MER EST AGITÉE ET ON NE PEUT PAS DISTINGUER LE FOND.
C'EST POUR ÇA QUE CET ENDROIT A ÉTÉ CHOISI.
DIS, KANE...
TU ES SÛR QUE ÇA NE TE GÊNE PAS QUE JE PORTE LES AFFAIRES DE REI... ?
C'EST BON. TU AURAIS EU FROID AUTREMENT.
BON, SURVEILLE BIEN LA MER.
D'AC-CORD.

C'EST PAS VRAI !
ALORS QUE J'AVAIS TIRÉ UN TRAIT SUR CETTE HISTOIRE...
QUELLE IDIOTE !
JE NE PEUX PAS OU-BLIER L'A-MOUR QUE J'AI POUR LUI...
IL EST TOUJOURS LÀ, AU FOND DE MON CŒUR...
COMME UN TRÉSOR...
WOW !

JE TE PRÉVIENDRAI SI J'AI DES NOUVELLES DE TAMON ET D'AMI.
APPELLE-MOI SUR MON PORTABLE OU À LA MAISON. VOILÀ LES NUMÉROS.
CIAO ...
...
PEUH...
GENRE IL SE MOQUE COMPLÈTEMENT DE MOI !

ALORS ÇA VEUT DIRE QUE T'ES ENCORE LIBRE ?
...
ET... ET TOI... ?
HEIN ?
NON, R... RIEN !
JE SUIS ARRIVÉE !
SALUT !
NOA !

C'EST DINGUE QUAND MÊME...
JE PENSAIS PAS QU'ON SE RENCONTRERAIT ICI...
ET MOI ALORS !
ALORS QU'ON NE SE RENCONTRE MÊME PAS AU JAPON EN RENTRANT DU LYCÉE...
PARCE QUE JE M'ARRAN-GEAIS POUR NE PAS CROISER VOTRE CHEMIN.
J'AVAIS PEUR DE ME FAIRE DÉMOLIR PAR AMI.
ELLE TE PROTÈGE TELLE-MENT...
!!
QUELLE IDIOTE, CETTE AMI !!
Elle va m'enten-dre !
OUAIS, BEN MOI JE M'EN PORTAIS PAS PLUS MAL !
TU PEUX ME CROIRE !
ET PIS D'ABORD, JE ME TROUVE UN NOUVEAU COPAIN QUAND JE VEUX !

ILS ONT L'AIR D'ALLER BIEN.
AH BON...
ILS ONT LE CHIC POUR INQUIÉTER TOUT LE MONDE, CES DEUX-LÀ !
...
COMBIEN DE TEMPS TU VAS RESTER À HAWAÏ...
... NOA ?
QU... QU'EST-CE QUE ÇA PEUT TE FAIRE ?!
TU ES DANS QUEL HÔTEL ?
JE VAIS TE RAC-COMPA-GNER.
NON ! ÇA IRA TRÈS BIEN TOUTE SEULE !
どん
?
!
TU VOIS...
JE FERAIS MIEUX DE TE RACCOMPA-GNER.

NOUS DEVRONS TENTER NOTRE CHANCE...
... LORSQUE LES VAGUES SERONT MOINS HAUTES.
C'EST-À-DIRE À L'AUBE !
7 Ticketing & Check-in 7
T'AS ABUSÉ, TAMON !
C'ÉTAIT LA PANIQUE ICI !
DÉSOLÉ, TOMOHIRO...
Sorry...
LES PARENTS D'AMI ONT PRIS L'AVION.
NOA A VOULU RESTER ICI AVEC MOI POUR ATTENDRE DE VOS NOUVELLES.

KANE !
NOUS ALLONS LES RETROUVER !
CROIS-MOI !
POUR TOI ET REI !!
OUAIS.
MAIS TU AS BRÛLÉ LA CARTE.
TU AS UNE IDÉE APPROXIMATIVE DE L'ENDROIT OÙ IL FAUT CHERCHER ?
OUI.
MAIS IMPOS-SIBLE DE PLONGER DANS LA JOURNÉE, À CAUSE DE LA MARÉE.

NOUS Y SOMMES.
QUELLE JOLIE MAISON... !
C'EST MON REFUGE.
ELLE EST ABANDONNÉE, DE TOUTE FAÇON.
AH...
EST-CE QUE C'EST ICI...
... QU'HABITAIT TA COPINE... ?
ÇA FAIT UN AN QUE JE N'ÉTAIS PAS VENU.
LES BRACELETS SONT ICI, QUELQUE PART AU FOND DE L'EAU.

UN BIJOU HAWAÏEN QUI PROMET L'AMOUR ÉTERNEL... COMME C'EST ROMANTIQUE...
JE L'AI VOULU DÈS L'INSTANT OÙ J'EN AI ENTENDU PARLER.
IL ME LE FAUT ABSOLUMENT, C'EST BIEN COMPRIS ?
O... OUI...
MADEMOI-SELLE SANA...
HI HI HI...
J'AI HÂTE DE TENIR CES BRACELETS ENTRE MES MAINS !
EH BEN... QUAND ELLE A UNE IDÉE DANS LA TÊTE, ELLE L'A PAS AILLEURS, LA FILLETTE...
LAISSE TOMBER. ÇA FAIT PARTIE DU MÉTIER D'ÉCOUTER LES CAPRICES DES EMPLOYEURS.
ON N'A PAS DE TEMPS À PERDRE.
IL FAUT QU'ON RETROUVE LE GAMIN.

QUI C'EST, CES TYPES ?! ILS NOUS LÂCHENT PAS !
KANE ! ILS SONT SI PRÉCIEUX QUE ÇA, LES BRACELETS QUE TU CHERCHES ?!
JE NE SAIS PAS.
C'EST PAS LEUR VALEUR MARCHANDE QUI M'INTÉRESSE.
ACCROCHEZ-VOUS, ÇA VA DÉCOIFFER !
!!!
D'ACCORD... VOUS N'AVEZ TOUJOURS PAS MIS LA MAIN DESSUS...
ÇA N'A PAS L'AIR ÉVIDENT...
DÉ... DÉSOLÉ, MADEMOISELLE...

PAS VRAI...
... AMI ?
...
O... OUI...
TAMON ...
HEIN ?
ON DIRAIT QU'ON N'A PAS LE TEMPS DE PAPOTER !
MONTEZ !
WAAH !

VOUS FAITES UNE BELLE PAIRE D'IDIOTS TOUS LES DEUX !
RENTREZ CHEZ VOUS AU LIEU DE VOUS DISPUTER !
T'AS RAISON, ON EST DES IDIOTS !
ET C'EST BIEN POUR ÇA...
... QU'ON VA TE FILER...
... UN COUP DE MAIN POUR TA CHASSE AU TRÉSOR !
QUE...
TAMON ?!
ON PEUT PARTIR COMME ÇA MAINTENANT QU'ON CONNAÎT L'HISTOIRE.

QUE... QUE FAIS-TU ICI ?!
JE T'AI SUIVIE, PARDI !
Ça n'a pas été facile !
MAIS L'AVION ...
M'EN FOUS DE L'AVION !
J'ALLAIS PAS TE LAISSER LÀ TOUTE SEULE !
TAMON...
Y'EN A MARRE DE TES CAPRICES !

TU N'AS PAS PU PROTÉGER LA FILLE QUE TU AIMAIS...
... ET TU TE RABATS SUR AMI ?
TU RÊVES, MEC !
JE VAIS PAS TE LAISSER FAIRE ÇA !
TAMON !

KANE...
REI !!
NOUS ÉTIONS EN ROUTE POUR ALLER CHERCHER LES BRACELETS ...
JE ME SOUVIENS ENCORE...
... DE SES BRAS AGRIPPÉS À MOI.
JE L'ENTENDS ENCORE CRIER MON NOM...

ALORS... CE SONT CES BRACELETS, LE TRÉSOR QUE TU RECHERCHES... ?
CE SONT LES TRÉSORS ANCESTRAUX DE LA FAMILLE DE REI.
QUAND DEUX AMOUREUX ONT FAIT LEUR PROMESSE, ILS LES REJETTENT AU FOND DE LA MER POUR LA GÉNÉRATION SUIVANTE.
POUR REI ET MOI, CE N'ÉTAIT PAS DU CHIQUÉ.
NOUS AVIONS PRÉVU...
... DE NOUS MARIER.
ILS NOUS SUIVENT TOUJOURS !
ILS SONT COLLANTS !
CRAMPONNE-TOI BIEN À MOI,
REI !

ALORS METTONS-NOUS À LA RECHERCHE DE CES BRACELETS ...
... TOUS LES DEUX.
POUR QUE NOUS PUISSIONS RESTER ENSEMBLE POUR TOUJOURS.
KANE ...
IL ÉTAIT PRÉVU QUE JE QUITTE HAWAÏ POUR ALLER À L'UNIVERSITÉ.
ALORS NOUS AVIONS DÉCIDÉ DE NOUS RENDRE DANS CETTE GROTTE AVANT MON DÉPART.

LA GROTTE DE L'ARC-EN-CIEL...
MÊME SUR SON LIT DE MORT, GRAND-PÈRE N'A PAS CESSÉ DE ME PARLER...
... DE CETTE GROTTE OÙ, UNE FOIS PAR AN, NAÎT UN GRAND ARC-EN-CIEL.
ON DIT QUE LORSQUE DEUX AMOUREUX S'ÉCHANGENT UN BRACELET SOUS CET ARC-EN-CIEL, LEUR AMOUR DURE POUR L'ÉTERNITÉ.
The Spirit of ALOHA
MAIS LES BRACELETS SONT ENGLOUTIS SOUS LA MER.
ET IL FAUT ÊTRE DEUX POUR LES CHERCHER.
VOILÀ LA CARTE.
ELLE EST DANS UN SALE ÉTAT.
C'EST UNE VRAIE CHASSE AU TRÉSOR, CETTE HISTOIRE.
CE N'EST PAS UNE PLAISANTERIE, TU SAIS !
MOI, J'Y CROIS ! JE SUIS TRÈS SÉRIEUSE !

BEN QUOI ?! DIS QUELQUE CHOSE, KANE !!
TU ME REGARDES AU MOINS ?!
LA FILLE À LAQUELLE ...
TU ES MAGNIFIQUE...
ENCORE PLUS QUE D'HABITUDE.
... JE TENAIS ...
... LE PLUS AU MONDE ...
KANE...
TU AS LU LE LIVRE QUE JE T'AI PRÊTÉ ?
OUAIS...

DE QUOI J'AI L'AIR ?
...
?
C'EST LA PREMIÈRE FOIS QUE JE PORTE UNE TENUE COMME ÇA...
QU'EST-CE QU'IL FAUT PAS FAIRE POUR DANSER LE HULA-HULA...

MA KUUIPO...
LA FILLE POUR QUI J'AURAIS TOUT DONNÉ...
REI ...
REI !
TU VAS ME FAIRE ATTENDRE ENCORE LONGTEMPS COMME ÇA ?
ALLEZ, MONTRE-TOI !

URUKYU.

LA PERSONNE ...
... QUE J'AIMAIS PLUS QUE QUICONQUE. J'AURAIS TOUT DONNÉ POUR ELLE.

... MA COPINE...
MA "KUUIPO".

TU NE LUI RESSEMBLES PAS !
PAS DU TOUT !
...
TU... TU PEUX...
... ME DIRE QUI C'EST... ?
CETTE FILLE...
... C'ÉTAIT...

CO ...
COMMENT ...
COMMENT AS-TU EU CETTE PHOTO... ?
JE SUIS DÉSOLÉE !
どきん
JE L'AI TROUVÉE DANS TON APPARTEMENT ...
ET J'AI OUBLIÉ DE TE LA RENDRE...
どきん
AÏE, AÏE, AÏE...
JE SUIS HYPER MAL...
AHEM ...
どきん
JE... J'AI ÉTÉ SI SURPRISE...
どきん
ELLE ME RESSEMBLE TELLEMENT...
SUR LE COUP, J'AI VRAIMENT CRU QUE C'ÉTAIT MOI...
N'IMPORTE QUOI !

KANE !
JE...
JE DOIS TE RENDRE ÇA ! TIENS !
...

PAUVRE IDIOT !
C'EST CETTE CHASSE AU TRÉSOR, HEIN ?! C'EST DANGEREUX, PAS VRAI ?!
AMI... ?

TU NE DEVAIS PAS RENTRER AU JAPON ?!
QU'EST-CE QUE TU FICHES ENCORE ICI ?!
ぜー
は…
TU...
TU ES ...
TU ES ENCORE BLESSÉ !
QU'EST-CE QUE TU AS ENCORE FAIT ?!
OH ! C'EST BON ! CRIE PAS COMME ÇA !
ET PUIS LÂCHE-MOI, D'ABORD.
ET NE VIENS PAS ME DIRE QUE TU NE PEUX PAS ME LAISSER TOMBER !

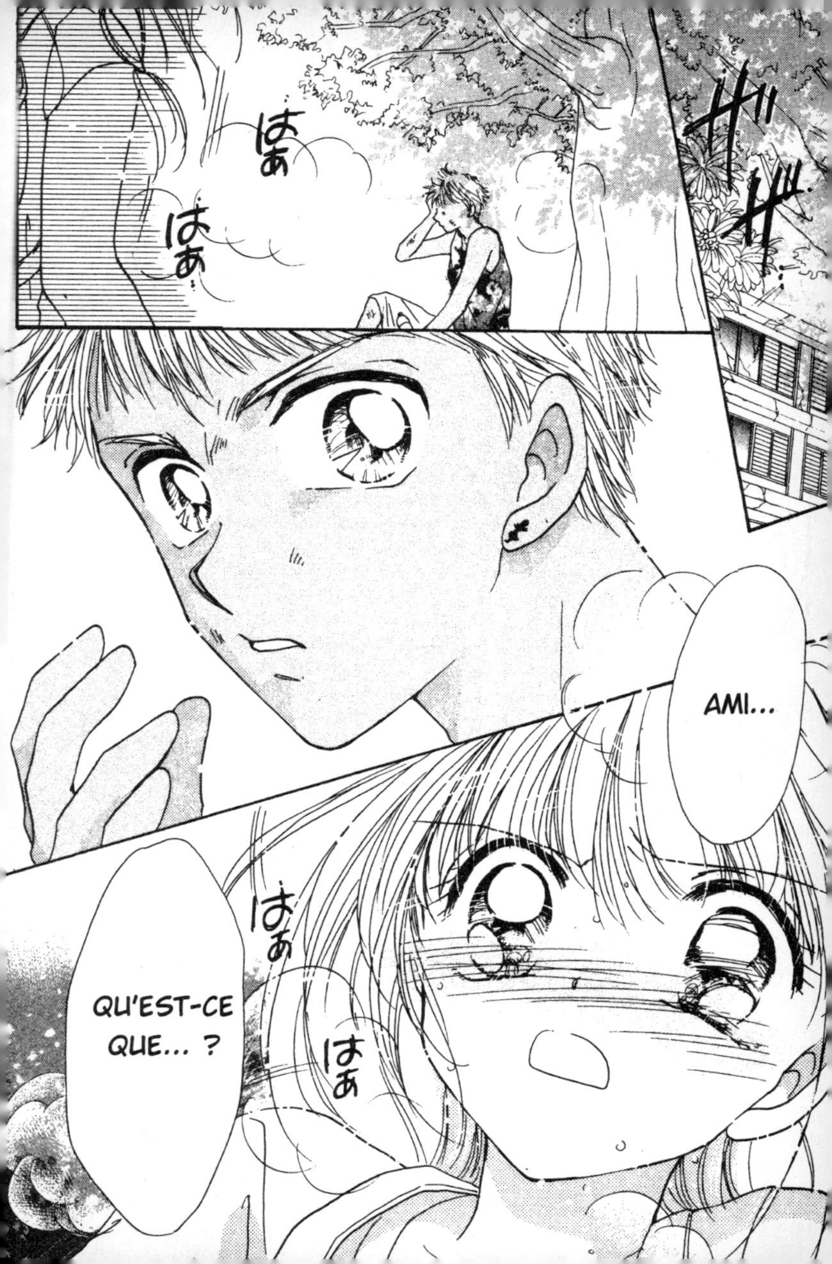
はぁ
はぁ
AMI...
はぁ
はぁ
QU'EST-CE QUE... ?

EUH... TO WAIKIKI, PLEASE !
KANE ...
CETTE FILLE QUI EST MON SOSIE...
... EST MORTE DANS UN ACCIDENT DE LA ROUTE...
はぁ
QU'A-T-IL RESSENTI EN ME VOYANT... ?

REVIENS !
VOUS NE M'ATTRAPEREZ JAMAIS !
OÙ EST PARTIE AMI ?!
TAMON !
BON SANG...
L'IDIOTE... !
JE NE VOUS LAISSERAI PAS EN FAIRE À VOTRE GUISE !!
TAMON !

JE N'AI PAS TELLEMENT APPRÉCIÉ QUE VOUS METTIEZ MON APPART SENS DESSUS DESSOUS.
VOILÀ CE QUE VOUS CHERCHIEZ...
JUSTE LÀ !
!!!
QUOI ?!
TOUT EST DANS MA TÊTE !

JE DOIS ALLER...
... LUI RENDRE CETTE PHOTO...
JE N'AI PAS LE DROIT DE LA GARDER.
AMI ! TAMON !
C'EST BIENTÔT L'HEURE DE L'EMBARQUEMENT !
JE DOIS Y ALLER !
AMI ?!
KANE !!
HELLO...

KANE... !
AMI... !

J'AI CONTINUÉ À CHERCHER UN PEU...
ET REGARDE CE QUE J'AI TROUVÉ DANS UN JOURNAL JAPONAIS DU COIN !
AH... MAIS C'EST...
TRAGIQUE ACCIDENT DE LA ROUTE
Rei Yamazaki (15 ans)
C'EST UN ARTICLE DE L'ÉTÉ DERNIER.
CETTE FILLE ÉTAIT D'ORIGINE JAPONAISE.
C'ÉTAIT LA PETITE-FILLE D'UN JOAILLIER HAWAÏEN SUPER CONNU !
ELLE EST MORTE ?
TOUCHE PAS À ÇA !

JE N'AI PAS RENDU LA PHOTO À KANE...
JE SUIS BIEN EMBÊTÉE...
NOA... ?
QU'EST-CE QUE TU VAS EN FAIRE ?
JE PENSAIS LUI ENVOYER PAR LA POSTE, MAIS JE N'AI PAS NOTÉ SON ADRESSE...
TOMOHIRO ?!
OUF !
J'ARRIVE À TEMPS !
MATE ÇA, TAMON !

L'HEURE EST VENUE DE DIRE AU REVOIR À HAWAÏ ...
BON !
FINALEMENT, Y'A PAS VRAIMENT EU DE PROGRESSION !
ET ALORS ?!
J'AI EU UN BRACELET, D'ABORD !
PAR CONTRE, TU NOUS AS ENCORE FAIT DES FRAYEURS ! SACRÉE TOI !
Regarde !

EH... PLEURE PAS !
ARRÊTE ...
AH LÀ LÀ...
MERCI... ÇA ME FAIT SI PLAISIR...
JE... J'EN PRENDRAI SOIN... !
JE NE L'ÔTERAI JAMAIS...
CE N'EST PAS...
... MON PREMIER COUCHER DE SOLEIL AVEC TAMON...
MAIS CELUI-CI...
... EST LE MEILLEUR DE TOUS !

ÇA VEUT DIRE...
... "JE T'AIME".
"KUUIPO
AMI"
Kuuipo

AMI...
TENDS-MOI TA MAIN.
HEIN ?
SI TU LE RETOURNES...
... IL Y A TON NOM GRAVÉ À L'INTÉRIEUR.
AMI,
TU SAIS CE QUE ÇA VEUT DIRE "KUUIPO" EN HAWAÏEN ?
"KUUIPO"... TU NE M'AS PAS DIT CE QUE ÇA VOULAIT DIRE...
"KUUIPO AMI"

NOTRE DER-NIER COU-CHER DE SOLEIL À HAWAÏ ...
T... TAMON...
REGARDE BIEN CE PAYSAGE.

QU... QUOI ?!
POSE PAS DE QUESTION ET VIENS.
NON ! JE VEUX PAS RENTRER À L'HÔTEL !
EH ! REPOSE-MOI !

HAA...
J'ESPÉRAIS UNE AMBIANCE PLUS ROMANTIQUE POUR ÊTRE AVEC TAMON, MAIS C'EST RÂPÉ...
P... PAS QUESTION !
C'EST NOTRE DERNIÈRE SOIRÉE ICI, IL FAUT EN PROFITER !
ALLONS, TAMON ! ET PUIS D'ABORD, OÙ ÉTAIS-TU PASSÉ ?!
JE T'AI CHERCHÉ PARTOUT !!
BEN OUAIS ...
Mais bon ...
T'AS L'AIR CREVÉE, AMI.
TU VEUX RETOURNER À L'HÔTEL ?
PFFF
EUH... BEN, JE...
...
QUOI ?
...
NON, RIEN...

BON ! PERSONNE N'OUBLIE RIEN ?!
NOOON !
VOUS AVEZ BIEN PROFITÉ DU SÉJOUR ET FAIT LE PLEIN DE SOUVENIRS ?!
OUIIII !
ALOHA
Miyamura tourisme
ALOHA TOWER
ぐったり…
Pas moyen d'être seuls... ON SE CROIRAIT DANS UN GROUPE DE VOYAGE ORGANISÉ...
TU L'AS DIT...

SANA ?!
QU'EST-CE QU'ELLE FAIT LÀ ?!
J'COM-PRENDS PLUS RIEN...

WOW... TU PARLES D'UNE LI-MOUSINE...
Elle est énorme...
AH...
CES TYPES...
CE SONT EUX QUI POURSUI-VAIENT KANE !!

D'UN CÔTÉ, JE ME DIS QUE C'EST UN PEU TARD DE ME RENSEIGNER MAINTENANT ALORS QU'ON PART DEMAIN, MAIS...
LA PHOTO DE CETTE FILLE QUI RESSEMBLE À AMI COMME DEUX GOUTTES D'EAU M'INTRIGUE...
AH LÀ LÀ, MON PAUVRE TAMON !
T'ES VRAIMENT ACCRO DE CETTE NANA, HEIN ? ☆
C'EST VOTRE DERNIER JOUR ICI, TÂCHE D'ASSURER !
ÇA VA !
LÂCHE-MOI UN PEU !
T'ES LOURD !
PFFF ! LAISSE TOMBER ! Y'A TROP D'INFOS !
PFFF... J'AI PERDU MON TEMPS...
M'énerve...
PIZZA
VROOM

QU'EST-CE QUE TU FAIS LÀ, TAMON ?
VOUS RENTREZ DEMAIN, NON ? AMI VA TE FAIRE LA TÊTE SI TU RESTES PAS AVEC ELLE PLUS QUE ÇA !
INTERNET CYBER CAFE
Grrr Grrr
AMI EN COLÈRE
Où est passé tamon ?!
T'INQUIÈTE PAS, LES FILLES DOIVENT FAIRE UNE DERNIÈRE TOURNÉE DES MAGASINS.
ÇA NE ME BRANCHE PAS PLUS QUE ÇA.
UN ARTICLE DE JOURNAL ?
TU CHERCHES ENCORE DES TRUCS SUR CE FAMEUX KANE ?
ÇA TE TRAVAILLE, DIS DONC !
IL PARAÎT QU'IL EST ÉTUDIANT, MAIS IL EST HYPER LOUCHE.

J'AI L'HABITUDE D'ÊTRE SEUL.
KANE A DIT QU'IL ÉTAIT TOUJOURS SEUL...
MAIS ALORS ...
QUI EST CETTE FILLE ?
VIENS ! LE TROLLEYBUS VA PARTIR !
RÂÂH ! J'Y COMPRENDS RIEN !
AMI !
OUI... J'ARRIVE...

COMMENT ÇA, TU NE SAIS PAS ?!
Explique-moi !
JE... JE L'AI TROUVÉE DANS L'APPART DE KANE...
ET COMME UNE IDIOTE, J'AI OUBLIÉ DE LA REPOSER...
KANE ?!
C'EST LÀ QUE TU AVAIS DISPARU APRÈS LE DÉJEUNER ?!
NE T'ÉNERVE PAS ! JE SUIS JUSTE ALLÉE LE PRÉVENIR QUE JE REFUSAIS CETTE HISTOIRE DE CHASSE AU TRÉSOR !
...
C'EST VRAIMENT TON SOSIE, CETTE FILLE... SANS BLAGUE.
QU'EST-CE QU'ELLE PEUT BIEN...
... REPRÉSENTER POUR KANE... ?
どきん

QU'EST-CE QUE C'EST ?
TA... TAMON, N...
?!
NON...
CE N'EST PAS CE QUE TU CROIS, CE N'EST PAS MOI.
MOI AUSSI, J'AI ÉTÉ FRAPPÉE PAR LA RESSEMBLANCE, MAIS...
REGARDE BIEN, TU VERRAS QU'ELLE A DE LA POITRINE, ELLE...
La veí-narde...
AH ! C'EST VRAI... EUH... MAIS...
QUI... QUI C'EST ALORS ?!
BEN...
JE SAIS PAS...

JE ME SENS COMPLÈTEMENT RAPLAPLA...
CES ADIEUX AVEC KANE ONT ÉTÉ SI ABRUPTS...
IL EST APPARU SOUDAINEMENT...
... ET IL DISPARAÎT EN LAISSANT TANT DE MYSTÈRES.
CETTE HISTOIRE DE CHASSE AU TRÉSOR...
... ET LA PHOTO DE CETTE FILLE...
... QUI EST MON SOSIE.
AH !
BON SANG !
LA PHOTO !!
ZUUUUT !!
J'AI OUBLIÉ DE LA REPOSER !!
ME VOILÀ BIEN !
EH, AMI ! QU'EST-CE QUE TU FAIS ?

ALOHA
KANE...
KYAAAH !!
QU'EST-CE QUE L'EAU EST BLEUE !!
VAS-Y, AMI !!
PRENDS-NOUS EN PHOTO !
OUAIS, OUAIS...
KYAAH ! ALLONS VOIR AUSSI PAR LÀ, MON CHÉRI ! ♡
OUI, MA BICHE !

......
QUAND EST-CE QUE VOUS REPARTEZ AU JAPON ?
APRÈS-DEMAIN, À LA MI-JOURNÉE...
ALORS C'EST ICI QU'ON SE DIT AU REVOIR.
ALOHA, AMI.
LE MOT "ALOHA" A PLUSIEURS SENS, TU SAIS.
ÇA PEUT VOULOIR DIRE "BONJOUR", MAIS AUSSI "AU REVOIR".
AH... ALOHA...

BEN...
POURQUOI IL SE MET DANS CET ÉTAT... ?
BEN OUAIS.
DIS, KANE...
CETTE CHASSE AU TRÉSOR... TU VAS LA FAIRE TOUT SEUL ?
J'AI L'HABITUDE D'ÊTRE TOUT SEUL.

JE... JE SUIS VENUE ...
... POUR TE DIRE QUE JE REFUSE TA PROPOSITION...
JE NE VEUX PAS INQUIÉTER TAMON...
ET PUIS, NOUS SOMMES VENUS EN VOYAGE...
ET NOUS DEVONS BIENTÔT REPARTIR AU JAPON.
......
ぽし
!
ÉVIDEMMENT, SI TU REPARS, C'EST PAS LA PEINE !
DÉSOLÉ D'AVOIR PERTURBÉ VOTRE PETIT SÉJOUR D'AGRÉMENT !
TU PRÉSENTERAS MES EXCUSES À TON TAMON !

AÏE ...
TU... TU N'ES PAS TRÈS PRUDENT DE SORTIR EN LAISSANT TA PORTE OUVERTE !
JE N'OSE PAS LE REGARDER EN FACE...
T'INQUIÈTE PAS, Y'A RIEN À VOLER DANS CE BAZAR.
ET DONC ?
どきん
どきん
...
ÇA RECOMMENCE... JE N'Y COMPRENDS PLUS RIEN...
KANE EST SI MYSTÉRIEUX...
......
QUE ME VAUT CETTE VISITE ?
TU AS DÉCIDÉ DE FAIRE ÉQUIPE AVEC MOI ?
EUH...

NON... CE N'EST PAS MOI ...
EN REGARDANT BIEN, ON S'EN APERÇOIT... MAIS ...
QUELLE RESSEMBLANCE !
À PART QU'ELLE A UNE GROSSE POITRINE, ELLE... WOW...
QUI EST ...
CETTE FILLE... ?
AMI... !

C'EST MOI ?!
POURQUOI KANE A-T-IL CETTE PHOTO ?
JE NE ME RAPPELLE MÊME PAS L'AVOIR PRISE ...

MIYAMURA HIROYUKI

ROFESSEUR AU YCÉE TANOKURA. N LE SURNOMME "MIYAMU".

UZUKI AMI

ÉLÈVE DE SECONDE. PEAU DE PÊCHE ET SILHOUETTE FINE, ALORS QU'EN RÉALITÉ ELLE MANGE COMME QUATRE. DOUÉE POUR LE SPORT. ELLE EST À LA RECHERCHE D'UN COPAIN.

OKAZAKI TAMON

LE GARÇON SUR QUI AMI A FLASHÉ.

NAKATSUKA TOMOHIRO

LE GARÇON SUR LEQUEL NOA A JETÉ SON DÉVOLU.

KUROSAWA NOA

ÉLÈVE DE SECONDE. TEINT SOMBRE ET PROPORTIONS RENVERSANTES. ELLE A DES NOTES EXCELLENTES ET EST AUSSI À LA RECHERCHE D'UN COPAIN.

KANE

JEUNE GARÇON MYSTÉRIEUX DE 16 ANS.

KAKINOKIZAKA SANA

UNE PETITE PRINCESSE SURNOMMÉE "LA BRISEUSE DE COUPLES" !.

L'AVANCÉE DES CONQUÊTES AMOUREUSES D'AMI ET DE NOA

AMI ET NOA SONT RIVALES EN AMOUR DEPUIS L'ENFANCE. UN JOUR, ELLES FONT LA CONNAISSANCE DE DEUX GARÇONS CANONS : TAMON ET TOMOHIRO.
NOA COMMENCE À SORTIR AVEC TOMOHIRO, MAIS ELLE SE FAIT PLAQUER...
♡ DE SON CÔTÉ, AMI A ENFIN RÉUSSI À SÉDUIRE TAMON ! ♡
LORS D'UN SÉJOUR À HAWAÏ, AMI FAIT LA CONNAISSANCE DE KANE, UN GARÇON POUR LE MOINS MYSTÉRIEUX.
IL LUI PROPOSE DE PRENDRE PART AVEC LUI DANS SA "CHASSE AU TRÉSOR", MAIS AMI NE VEUT PAS INQUIÉTER TAMON. ELLE SE REND DONC CHEZ KANE POUR LUI ANNONCER SON REFUS, MAIS LÀ, ELLE DÉCOUVRE UNE PHOTO D'ELLE-MÊME QU'ELLE NE SE SOUVIENT PAS AVOIR PRISE...

URUKYU.
7